A Lola, que estaba en camino.
A Nicolás y Carlos.
A tí.
Luis Amavisca

Para Pablo y mis padres,
por estar siempre conmigo.
Esther G. Madrid

Pum Pum hice daño a la luna
Colección Somos8

© del texto: Luis Amavisca, 2015
© de las ilustraciones: Esther G. Madrid, 2016
© de la edición: NubeOcho, 2016
www.nubeocho.com – info@nubeocho.com

Correctora: Daniela Morra

Primera edición: 2016
ISBN: 978-84-944318-6-9
Depósito Legal: M-8219-2016
Impreso en China

PUM PUM
HICE DAÑO
A LA
LUNA

Luis Amavisca

Esther G. Madrid

nubeOCHO

La luz de la luna llena entraba por la ventana.
Mamá les había leído un cuento.

El beso de las buenas noches.
La hora de dormir.

Nicolás no quería...
Pataditas bajo las sábanas.

Empezó a jugar con sus manos
haciendo forma de pistolas.

Señalaba a Carlos y susurraba:
—¡Pum! ¡Pum!
Su hermano le decía:
—A mamá no le gustan juegos con pistolas.

Nicolás miró a través de la ventana y puso
cara de travieso...

El pequeño apuntó con sus manitas a la luna.
—¡Pum Pum! ¡He matado a la luna!
Carlos gritó: —¡Mira!

Algo increíble ocurrió:
¡La luna comenzó a caer del cielo!

Salieron rápido de su habitación.
Mamá miraba asustada por la ventana.

Corrieron juntos al jardín... Y allí estaba la luna.
Una inmensa, redonda, gorda y preciosa luna.
Tenía los ojos cerrados y brillaba con el color de la plata.

Mamá estaba muy nerviosa. Nicolás, llorando, se abrazó
a sus piernas: —Fui yo, fui yo. Yo he matado a la luna.

En ese momento, la luna abrió los ojos.
—¡Pero no estoy muerta! Me he caído del cielo del tremendo susto.
El problema es que ahora no sé cómo volver a subir.

—Y entonces, ¿cómo podemos ayudarte? —Preguntó Carlos.

Intentaron moverla, pero era muy pesada.
Mientras pensaban en cómo ayudar a la luna,
les pareció escuchar una voz. Una hormiguita les hablaba:

—La Gran Montaña está muy cerca del cielo,
quizás desde allí será más fácil que vuelva a subir.
Carlos respondió: —¿Pero cómo la llevamos hasta allí?

—Todas juntas podríamos llevar a la luna.
—¿Pero cómo, siendo tan pequeñas? —dijo Nicolás.
—Todas juntas somos fuertes. ¡Vamos!

Sin perder tiempo, las hormigas se metieron por debajo de la luna y comenzaron a levantarla por encima de ellas.

Se pusieron de camino a la Gran Montaña.
Una fila de hormigas, la luna sobre ellas,
una mujer y dos niños.

Iba a ser una larga noche,
pero la luz de la luna los acompañaba.

Atravesaron un bosque y recorrieron muchos senderos.
Nicolás estaba cansado.
—Sube encima de mí —le dijo la luna.
—¿No estás enfadada?

Por fin llegaron a la cima de la Gran Montaña.
—¿Ahora darás un salto para volver arriba? —Preguntó Nicolás.
La luna sonrió:—Yo no tengo piernas para poder saltar.
A lo lejos se escuchaba el canto de pájaros que anunciaban
la mañana.

Un pequeño gorrión se acercó extrañado y preguntó:
—Pero, ¿qué hace aquí abajo la luna?,
¡está a punto de amanecer y tiene que irse a dormir!

Carlos le contó la historia, y el gorrión,
tras pensar unos segundos, les dijo:
—Mis amigos y yo la ayudaremos a subir.
—¿Pero cómo, siendo tan
pequeños? —Preguntó Nicolás.
—Todos juntos somos fuertes.

El gorrión comenzó a silbar y, en segundos,
decenas de aves se acercaron.

Comenzaba a verse una luz dorada en el horizonte,
muy pronto amanecería y no tenían mucho tiempo.

Más y más pájaros se aproximaban, algunos llevaban cuerdas en sus picos.

Con una increíble destreza,
los pájaros ataron a la luna con un enorme círculo.

De aquel círculo salían muchas cuerdas,
y de cada una, cientos de pájaros comenzaron a tirar.

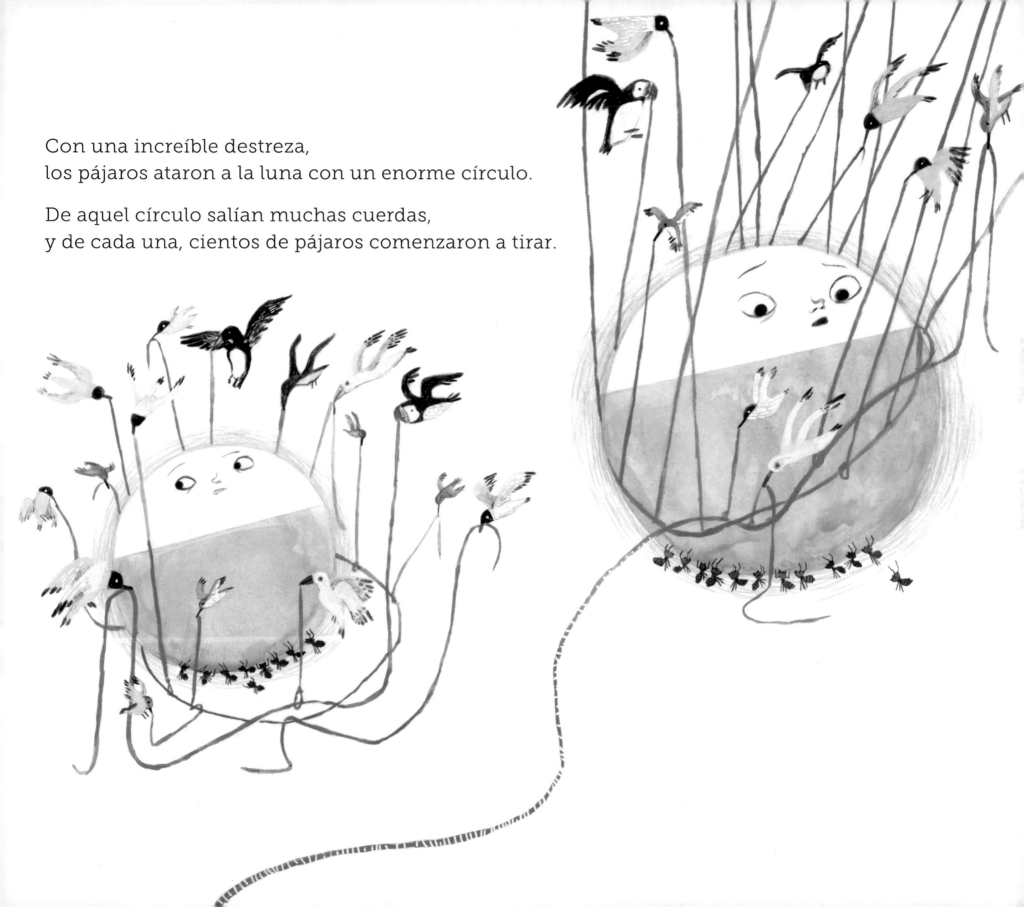

La luna comenzó a elevarse sobre el suelo. Brillaba su luz
de color plata. Pero en el horizonte, también comenzaba
a aparecer el dorado sol.

–¡Rápido! ¡No tenemos mucho tiempo! –animaba el gorrión.

Cuando los pájaros estaban lo bastante alto,
todos a la vez soltaron sus cuerdas. Por fin, la
luna podía flotar de nuevo en el cielo.

Entonces, ella sonrió y se despidió de la familia,
de las hormigas y de los pájaros: —Gracias.

Pasaron unos minutos, el sol ya se asomaba en el horizonte.
Y la luna, despacito, comenzó a descender por el lado contrario.

La familia nunca olvidaría aquella noche.

Y fue así como Nicolás no volvió a jugar con pistolas.
Porque podría herir a la luna.

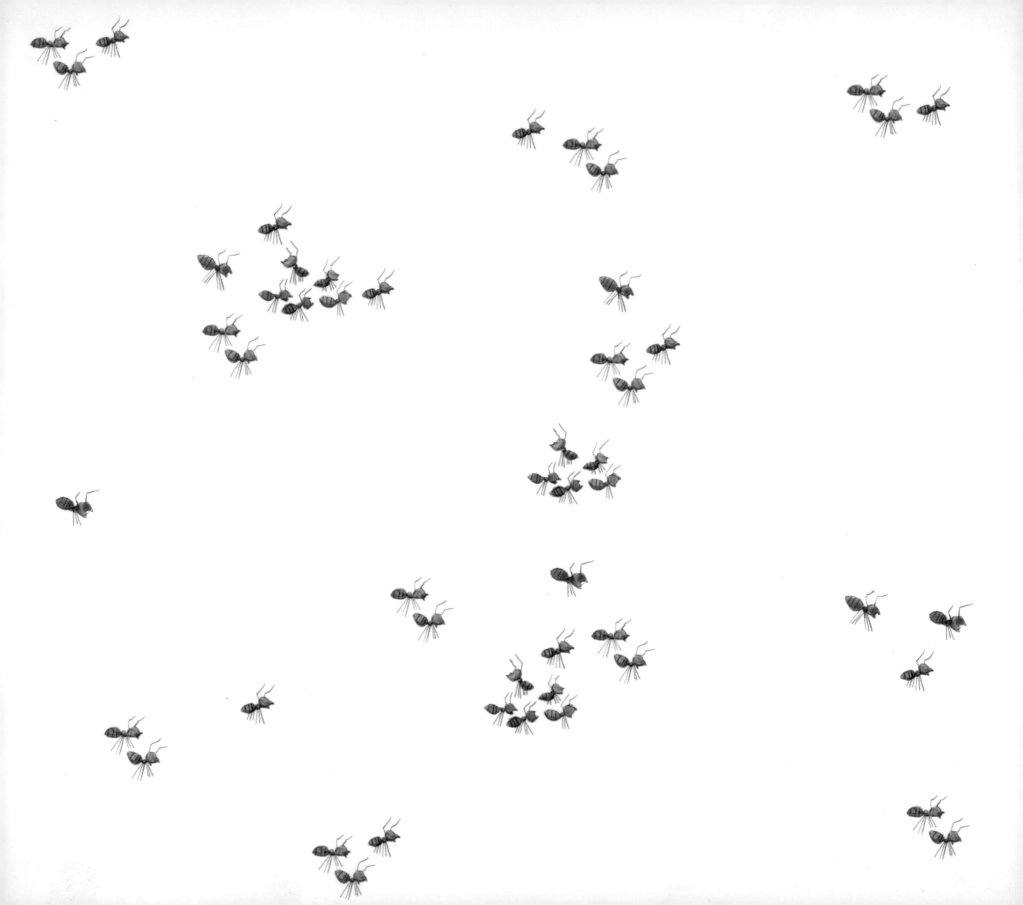